Y. 5724.
ϕ B.

I0564884

97/002298

Yf 7026

BABÉKAN,

OU

LES TROIS BOSSUS,

COMÉDIE

EN UN ACTE ET EN PROSE,

Faite par un BOITEUX, *& publiée par
un* BORGNE.

A PARIS,

De l'Imprimerie de VALLEYRE, l'aîné;
rue de la vieille Bouclerie.

M. DCC. LXIX.

Avec Approbation & Privilége du Roi.

ACTEURS.

BABÉKAN,
'ABDI, } Boſſus, & Freres.
NAZIC,

ZELPHIRE, Fille de Babékan.

FATIME, Suivante de Zelphire.

LE SULTAN.

LE CADI.

ASSEN, Fils du Cadi, & Amant de Zelphire.

UN PORTE-FAIX.

ZAMORE,
MELECK, } Officiers du Cadi.
ZIDAN,

Suite du Sultan.

Pluſieurs Chiaoux, ou Archers.

La Scène eſt dans un Caffé, à Bagdad,
Ville de la Turquie Aſiatique, ſituée ſur
le Tigre.

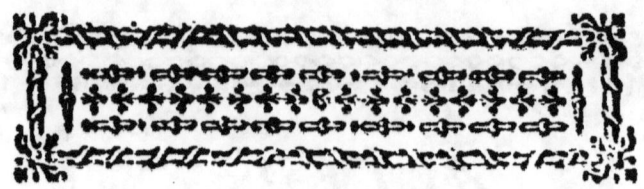

LES TROIS BOSSUS.

SCENE PREMIERE.

BABÉKAN, ZELPHIRE, FATIME.

Babékan un gourdin à la main, pour-
suit Zelphire, & Fatime qui en tient
aussi un. Fatime sort la premiere ;
Zelphire la suit tout en pleurs, & Ba-
békan marche le dernier.

BABÉKAN.

COquines!

FATIME,

Ours!.. Cheval!.. Brutal!

BABÉKAN.

Il faut que j'assomme ces deux pen-
dardes.

FATIME, arrivée sur le devant du théâ-
tre, s'arrête & se retourne en menaçant Ba-
békan avec son gourdin.

Jour de Dieu ! Monsieur Babékan,
ne vous y jouez pas. Vous n'avez que
deux bosses, l'une à la poitrine &
l'autre au dos. Mais, je vous jure, foi
de Fatime, que si vous nous touchez
à l'une ou à l'autre, je vous en ferai
venir plus de trente à la tête. (*A Zelphi-*
re.) Mettez-vous là, Mademoiselle ; &
qu'il approche, il verra.

BABÉKAN.

Voilà, il faut l'avouer, une effrontée créature.

FATIME.

Voici, il faut le dire, une méchante
petite figure.

BABÉKAN.

Rendez-moi ce que vous m'avez
volé, coquines ; rendez-moi ce que
vous m'avez volé. (*A Fatime.*) Et toi,
fors d'ici, & que je ne te revoye de
la vie.

FATIME.

Je ne vous rendrai rien ; & je ne sortirai point.

BABÉKAN.

Tu sortiras.

FATIME.

Je ne sortirai point.

BABÉKAN.

Quoi ! je ne serai pas le maître de chasser de chez moi une pendarde, qui s'entend tous les jours avec ma fille pour me voler ?

ZELPHIRE.

Mais, mon pere, nous ne vous avons rien pris.

BABÉKAN.

Tais-toi, effrontée ; ou je te ferai mourir sous le bâton.

FATIME.

Eh ! comment diantre voulez-vous que l'on vous vole ? C'est vous qui depuis

plus d'un mois tenez toujours la clef
du comptoir, & recevez tout l'argent.

BABÉKAN.

Dont bien vous fâche, Mesdemoi-
selles les carognes. J'ai eu tort en effet
de me défier de vous. Je vendois toute la
journée, & le soir il ne se trouvoit pas
quatre sequins de recette. Mais le pot
aux roses est découvert ; & cette lettre
adressée à cette coquine, (*en montrant*
Zelphire), m'apprend le bel emploi que
vous faisiez de mon argent.

FATIME.

Tout cela est faux. D'ailleurs, il vous
convient bien d'intercepter nos lettres ?
Vous vous mettez là sur un plaisant ton.

BABÉKAN.

Selon toi, je ne dois pas prendre
connoissance des lettres que ma fille
reçoit. Mais, lis celle-ci, lis.

FATIME.

Vous la ferez mourir cette pauvre

enfant, comme vous avez fait crever sa mere, par toutes les duretés que vous avez eues pour elle, & les mauvais traitemens qu'elle a reçus de vous.

ZELPHIRE.

Que je suis malheureuse !

FATIME.

Ma chere maitresse ! Hélas ! je l'ai toujours devant les yeux, & je la pleurerai tous les jours de ma vie.

BABÉKAN.

Pleure-la tant que tu voudras. Mais, commence par me restituer tout ce que tu m'as pris, & va ensuite te faire pendre à ton aise. Allons, dépêche-toi, de peur qu'il ne t'arrive pis que des coups de bâton.

FATIME.

La pauvre défunte étoit la plus aimable, la plus respectable de toutes les femmes ; & ce vilain, maudit de Mahomet & des hommes, l'a fait pé-

A iv

tir à petit feu. Cela est horrible !

BABÉKAN.

'Auras-tu bien-tôt fini ton oraison funèbre ?

FATIME.

Toutes les fois que j'y pense, j'entre dans une telle fureur, que je ne sçais qui me retient que je ne t'arrache les yeux. Il leur faut de jolies femmes à tous ces magots-là. Donnez-leur-en, ils les traitent bien, ma foi.

BABÉKAN, *en se rapprochant de Fatime.*

Encore une fois, tu ne te tairas donc pas ?

FATIME.

Non. Je veux parler tant qu'il me plaira.

BABÉKAN *en fureur.*

Fille, femme, diable, harpie, ou hypogrife, rends-moi mon argent, & disparois tout-à-l'heure à mes yeux.

FATIME, *outrée de colere.*

Loup-garou, crocodile, rhinocéros, ou qui que tu fois, va-t-on donc au diable, & me laiffe en repos. Il me feroit enfin devenir folle, avec fes *rends-moi, rends-moi.* Je n'ai rien à toi, entends-tu ? va chercher ton argent où tu voudras.

BABÉKAN.

Comment, fcélérate ! tu ne t'es pas entendue avec Zelphire, pour l'envoyer à ces deux gueux qui demeurent à Baffora ? Ce n'eft pas là la lettre qu'ils lui écrivent ? Je ne viens pas tout-à-l'heure de l'intercepter au facteur, devant toi, à tes yeux ? Mais, lis-donc, chienne, lis-donc.

FATIME.

Je n'aime pas la lecture.... Mais reculez-vous. (*En lui montrant le gourdin.*) Encore, ... Encore un peu. Il ne convient pas de fe parler de fi près. Cela n'eft pas poli.

A v

BABÉKAN *lit.*

« A Zelphire, chez Babékan son
» pere. A Bagdad.

(*En ouvrant la lettre*). Tu vas voir.
(*Il lit.*) « Nous ne pouvons, notre chère
» Niéce, vous exprimer combien nous
» vous sommes obligés de tous les se-
» cours que vous nous avez envoyés.

Les secours que vous nous avez
envoyés : tu entends bien ?

FATIME.

J'ai deux oreilles.

BABÉKAN *lit.*

» Quelle différence de vos sentimens
» à ceux de Babékan !
Les gredins !
FATIME.

Ils sont vos freres, ces gredins-là.

BABÉKAN *lit.*

» Nous serions au désespoir, s'il
» vous arrivoit quelque chagrin par

» rapport à nous. Mais depuis près d'un
» mois que nous ne recevons plus rien
» de vous. . . .

Tu entends ?

FATIME.

Je vous ai déja dit que je ne suis
pas sourde.

BABÉKAN *lit.*

» Nous sommes réduits à une telle
» misere, qu'il nous est impossible d'y
» résister plus long-temps.

Eh ! parbleu ! qu'ils crévent. Qu'est-ce
que des gueux ont donc besoin de la
vie ?

FATIME.

Le bon petit cœur de frere !

BABÉKAN *lit.*

» Ainsi, quelque chose qui puisse
» en arriver, nous partons dans le mo-
» ment, pour aller trouver notre frere.
» Peut-être que lorsqu'il nous verra, le
» sang lui parlera en notre faveur ; . . . .

Oui, à grands coups de bâton.

» Et qu'il fera touché de notre déplo«
» table fituation. Que Mahomet vous
» conferve, notre chère Niéce, & vous
» garde de tout accident. A Baffora. « Et
cætera.

Qu'as-tu à répondre à cela ? Elles
foutiendront encore toutes les deux,
qu'elles ne me voloient pas.

ZELPHIRE.

Mon pere, je vous protefte que...

BABÉKAN.

Tais-toi. Oh ! tu n'en es pas quitte,
(*En lui montrant le gourdin.*) Tan-
tôt je te donnerai le bal ; ne t'impa-
tiente pas.

ZELPHIRE.

Mais, faites-moi la grace de m'entendre.

FATIME.

Ne vous mêlez point de cela, Máde-
moifelle ; je fuis bonne pour lui répondre ; & je vais lui parler comme li faut.

(*A Babékan*). Hébien! oui, monftre,
nous avons envoyé de l'argent à vos freres ; & comme vous n'êtes qu'un vilain
ladre, qui ne nous donnez jamais un
fequin, il a bien fallu que nous grapil-
lons medin à medin. Où eft donc le
fi grand mal ? Cela vaut bien la peine
de faire tant de bruit ?

BABÉKAN.

Eh! qui vous a chargé de donner
mon bien ?

FATIME.

L'humanité, la compaffion, le bon
naturel.

BABÉKAN.

Fadaifes, fadaifes. Avec toutes ces
bêtifes-là, on eft toujours gueux. De
l'humanité! de la compaffion! pour
deux vilains magots qui font tout de
guinguois, & plus laids que de vieux
finges!

FATIME.

Vous avez donc oublié que votre
mere étoit obligée de vous mettre des

marques; afin de pouvoir vous distin-
guer chacun de chacun des deux autres.

BABÉKAN.

Cette carogne me vomit-elle assez
d'injures?

FATIME.

Je ne vous en dis pas la centiéme
partie de ce que vous en méritez. Vous
n'avez que deux freres. Un horrible
incendie brûle leur maison, leurs meu-
bles, leurs marchandises. Le feu leur
laisse à peine quelques habits qu'ils ont
sur eux. Ils manquent généralement de
tout. Vous êtes riche; & vous avez la
cruauté, la barbarie de les laisser périr
de faim, plutôt que de leur envoyer le
moindre secours. Cela est abominable;
cela crie vengeance. Vos freres! Vos
propres freres!

BABÉKAN.

Hé bien! mes freres, mes propres
freres? Quand elles ont dit cela, elles
ont tout dit. Parce qu'ils sont mes fre-

res, faut-il pour cela que je leur donne mon bien ? Chacun est ici pour soi. Quand tout le monde créveroit, qu'est-ce donc que cela me feroit, pourvû que j'aie mon bien-être ? Eh ! oui, ma foi ! des freres, des sœurs ; des oncles, des tantes ; des neveux, des niéces ; des cousins, des cousines ; eh ! à quoi diable servent tous ces animaux-là ? Mes seuls parents, sont les personnes de qui je gagne l'argent ; & celles de qui j'en gagne le plus, sont les plus proches.

FATIME.

Oh ! l'abominable ! Il n'est pas plus tendre pour sa propre fille.

BABÉKAN.

Hé bien ! ma fille ? Ma fille est faite pour moi ; & je ne suis pas fait pour elle. Je prétends qu'elle reste dans mon caffé, tant qu'elle vivera. Elle est jeune & jolie, cela m'attire des pratiques : & le premier sot qui viendra me la demander en mariage, n'aura qu'à se bien

tenir. Je lui fanglerai , parbleu , cent
coups de bâton.

FATIME.

Que ne les fangliez - vous donc ce
matin à Monfieur le Cadi , lorfqu'il eft
venu vous la demander pour fon fils
Affen ?

BABÉKAN.

Si nous avions été feuls ..... Mais ,
ces gens-là font toujours accompagnés
d'un tas d'efcogrifs. Oui , ma foi ! j'irai
mettre des gens de Juftice dans ma famille ? Ils auroient bientôt mangé mes
fourneaux , mes taffes , mes foucoupes ,
& mes caffetiéres , jufqu'aux manches.

FATIME.

Oh ! dès lors que ce font-là vos fen-
timens , vous faites bien de nous en
avertir.

BABÉKAN.

Et pourquoi , s'il vous plaît ?

FATIME.

Parce que nous prendrons nos mesures.

BABÉKAN.

Et quelles mesures comptez - vous prendre ?

FATIME.

Nous verrons : dans le temps comme dans le temps.

BABÉKAN.

Mais encore ?

FATIME.

Pardi, cela est bien difficile à deviner. Puisque vous ne voulez pas nous marier , nous nous marierons nous-mêmes.

BABÉKAN.

Par Mahomet, je voudrois bien voir cela ! Ma fille , se marier sans le consentement de son pere ?

FATIME.

Son pere ? Vous ? Ne voilà-t-il pas
un bel-homme. Il n'eſt encore qu'à
moitié créé. Rendez-vous donc juſtice
une fois en votre vie. Eſt-ce que des
gens de votre eſpéce ont de la poſté-
rité.

BABÉKAN.

L'inſolente ! avoir l'audace de me
dire à ma barbe, que je ne ſuis pas le
pere de mes enfans ! Oh ! pour le coup
c'en eſt trop. Je n'y puis plus tenir ; &
tu vas me le payer. (*Il vient ſur Fatime.*)
Oui, chienne, il faut que je t'écraſe.

FATIME, *en le menaçant avec ſon gourdin*.

Retirez-vous. Retirez-vous, vous
dis-je ; ou je vous abbats le viſage.

BABÉKAN

Oh ! l'indigne créature ! La méchante coquine ! Je ſuis dans une colere, ...
dans une fureur..... Je ſuffocque, ...
ouf, ... je ferai mieux de ſortir. Si

je reſtois plus long-temps, j'aſſomme-
rois la ſuivante, la fille, & moi-même après. (*En s'en allant.*) Oh ! qu'une
méchante femme eſt méchante !

FATIME.

Allez prendre le ſerein, allez. Cela
vous rafraîchira.

SCENE II,

ZELPHIRE. FATIME.

FATIME.

LE voilà parti. Que le diable le con-
duiſe dans quelque bon p... inice, où
il puiſſe ſe rompre le col, & nous laiſ-
ſer tranquilles. En attendant, je vais
dépoſer mon gourdin en quelque endroit, où, dans le beſoin, je puiſſe le
trouver ſous ma main. Car il faut être
ici toujours ſous les armes, comme une
armée en préſence de l'ennemi.

ZELPHIRE.

Ma chère Fatime , je t'en prie, donne-moi un siége. Je fens que je fuis prête à me trouver mal.

FATIME , *en donnant un siége à Zelphire qui s'affied.*

En voici d'un autre. N'allez - vous pas faire la carpe pâmée ? Depuis votre enfance , vous voyez tous les jours ces trains-là; vous devez y être accoutumée. Hé bien donc ! Zelphire... Zelphire.... Répondez-moi donc .... Zelphire ,... Elle a perdu connoiffance ... Refpirez de cette eau. ... Chienne de maifon ! Que ne me fuis-je caffé les bras & les jambes, le jour que j'y fuis entrée !... Hé bien, à la fin, revenez-vous ?

ZELPHIRE.

Que tu es brufque !

FATIME.

Qui diantre tiendroit à de pareilles fcènes ?

ZELPHIRE.

Délace-moi un peu.... J'étouffe...
Ah !

FATIME.

Pleurez, pleurez ; cela vous soula-
gera.

ZELPHIRE.

Avoue donc, Fatime, que je suis bien
malheureuse. Aimée, que dis-je ? ado-
rée d'Assen, je me flattois d'un avenir
le plus heureux. Hélas ! je faisois un
beau songe. Au réveil, tout s'est éva-
noui.

FATIME.

Que voulez-vous ? Votre pere est
plus obstiné que le chameau de l'Alco-
ran. Il faut prendre votre parti. Vous
êtes née fille, vous vivez fille ; hé bien !
vous mourrez fille. Après tout ; voilà
le pis qui puisse vous arriver.

ZELPHIRE.

En vérité, Fatime, vous êtes bien
peu consolante.

FATIME.

Je vous ai dit cent fois, que vous
feriez malheureuſe toute votre vie. Vous
ne voulez pas le croire. Que faut-il donc
que je vous faſſe ?

ZELPHIRE.

Que penſe Aſſen du refus de mon
pere ? Je ſuis ſûre qu'il eſt bien affligé.

FATIME.

Vous voilà un peu revenue. Levez-
vous, & promenez-vous en long & en
large. Cela diſſipera toutes ces idées
mélancoliques qui vous affectent le
cerveau. Vous voulez ſçavoir ce que
penſe Aſſen ; le voici lui-même ; vous
n'avez qu'à le lui demander.

SCENE III.

ZELPHIRE, ASSEN, FATIME.

ZELPHIRE.

Quoi ! c'eſt vous, Aſſen ? Dans la triſte poſition où nous ſommes, que venez-vous faire ?

ASSEN.

Ce que Je viens faire, belle Zelphire? (*Il ſe jette à ſes genoux.*) Mourir à vos pieds, d'amour, de douleur & de plaiſir.

ZELPHIRE , *regardant Aſſen très-tendre-ment.*

Il faut donc nous ſéparer, cher Aſſen ! & pour toujours.

ASSEN.

Pour toujours ! Et c'eſt vous qui avez la cruauté de me le dire !

ZELPHIRE.

Ignorez-vous la réponſe de mon

pere? Je tremble qu'il ne vous voyo
ici. Je ferois perdue.

ASSEN.

Raſſurez-vous, aimable Zelphire ;
je n'y reſterai qu'un moment. Je viens
ſeulement vous dire que , malgré toute
ſa mauvaiſe volonté , j'aurai bientôt le
bonheur de vous poſſéder. J'attendois
avec la plus grande impatience qu'il
fût ſorti , pour jouir un inſtant du plaiſir de vous voir , & vous annoncer cette
heureuſe nouvelle. Mon pere , indigné
de la maniére inſultante dont il a été
refuſé ce matin , & pénétré du déſeſpoir
affreux dans lequel ce refus m'a plongé,
craignant tout pour ma vie , m'a juré
qu'il perdroit plutôt ſa dignité , que de
ne pas vous obtenir.

ZELPHIRE.

Ah! ne nous flattons pas. Je ſuis
née trop malheureuſe pour être jamais
à vous.

ASSEN.

ASSEN, *en lui baisant la main avec feu.*

Adorable Zelphire ! mon cœur a de plus heureux preſſentimens .... Permettez-moi de vous le dire, votre pere eſt dur & violent.

FATIME.

C'eſt-à-dire méchant & brutal.

ASSEN.

Le mien eſt fier ; il eſt offenſé ; il m'aime ; la vengeance & l'amitié nous conduiront au port.

ZELPHIRE.

Et quel eſt donc ſon deſſein ? Je ne veux point abſolument que l'on faſſe aucune violence à mon pere.

FATIME.

Bon ! N'avez-vous pas déjà peur qu'on ne lui faſſe trop de mal ? Il faut le mener tambour battant.

ZELPHIRE.

Taiſez-vous, Fatime, vos diſcours

B

ne me font point plaisir.

FATIME.

Vous en direz tout ce qu'il vous
plaira, Mademoiselle ; mais, votre dé-
licatesse est ici très-mal placée. On ne
réduit les bêtes féroces qu'à force de
coups ; & si Monsieur le Cadi veut m'en
croire, il commencera par lui faire ap-
pliquer cinq ou six cens coups de bâton
sur la plante des pieds. S'il se rend, à
la bonne-heure ; tout sera dit. S'il s'obs-
tine, on recommencera.

ZELPHIRE.

Taisez-vous donc, Fatime. Ne suis-
je pas déjà assez affligée, sans que vous
irritiez encore mes chagrins ? (*A Assen.*)
Ne me le dissimulez point, Assen, je
ne le vois que trop, mon pere est perdu. Le vôtre a juré sa ruine.

ASSEN.

Entier dans tout ce qu'il entreprend,
il ne rend jamais compte de ses desseins.

Mais, ne craignez rien, charmante Zelphire. Quelqu'irrité qu'il foit, il a pour vous trop d'eftime, trop de refpect, pour faire la moindre chofe qui puiffe vous déplaire. Les momens font chers. Adieu, trop adorable Zelphire. Je cours hâter mon bonheur.

ZELPHIRE.

Affen.... Ecoutez-moi-donc.... Affen.

SCENE IV.

ZELPHIRE. FATIME.

FATIME.

Bon ſ il oſt déjà bien loin; & il prend le meilleur parti. Vous ne voulez vous prêter à rien de raifonnable.

ZELPHIRE.

Le pere d'Affen peut tout. De plus, il eft l'ami intime du Sultan. Ah ! ils

B ij

vont nous accabler de toute leur autorité ; je suis au désespoir !

FATIME.

Ne voilà-t-il pas que vous allez vous
mettre cinquante chimeres dans la tête ?
Si j'étois la maîtresse, & si j'avois la
force comme j'ai le courage, oh ! comme je menerois cette affaire-là. Mais,
taisons-nous : voici l'Ogre qui revient...
Eh ! non vraiment, ce n'est pas lui.
Par Mahomet, Mademoiselle, ce sont
vos oncles.

ZELPHIRE.

Il n'est pas possible ! ferme donc vîte
la boutique, de crainte de quelque accident. (*Elle regarde à sa montre*).
Aussi-bien, il est dix heures passées.

SCENE V.

ZELHIRE. FATIME. NAZIC. ABDI.

NAZIC.

JE ne me trompe pas : c'est sûrement ici.

FATIME.

Ici-même ; & voilà Mademoiselle votre niéce. (*Elle sort*).

SCENE VI.

ZELPHIRE. NAZIC. ABDI.

NAZIC.

VOULEZ-VOUS bien, ma chere niéce, que nous ayons le plaisir de vous embrasser ?

ZELPHIRE.

De tout mon cœur. (*Ils s'embraßent*). J'étois extrêmement inquiette de

B iij

vous; & je fuis charmée de vous voir.
Avez-vous fait un heureux voyage?

NAZIC

Auffi heureux que notre mauvaife
fortune l'a permis.

ABDI.

Nous fommes bien changés, ma
chere Niéce, depuis que vous ne nous
avez vus. Nous étions riches; & nous
voilà pauvres.

ZELPHIRE.

Ne parlons point de cela. C'eft une
grande confolation dans nos malheurs,
lorfque nous n'avons rien à nous repro-
cher. Vous êtes connus de tout le monde pour être d'honnêtes gens, remplis
d'honneur & de probité. Un cruel incendie vous a tout enlevé; c'eft un
accident dont perfonne n'eft à l'abri.

ABDI.

Oui; mais depuis que nous n'avons
plus rien, on ne nous le croit plus hon-

nêtes-gens. Non-seulement on nous mé-
prise, on nous humilie, on nous calom-
nie; mais on nous fuit même comme
si nous avions une maladie contagieuse :
& ce qui nous est le plus sensible, c'est
que nos amis les plus intimes, ceux
avec qui nous étions le plus étroitement
liés, qui étoient tous les jours à notre
table, que nous avons cent fois obligés, & de notre bourse & de notre
crédit, ne daignent seulement pas nous
saluer, lorsque le hazard les force de
nous rencontrer.

ZELPHIRE.

Dans tous les pays, voilà les hommes. Mais vous devez être extrêmement fatigués. Ainsi, il faut bien vîte
souper, & aller ensuite vous reposer. Cependant, comme nous n'avons plus ici
d'endroit où nous pussions vous recevoir, Fatime va vous conduire chez
une personne de nos amis, où vous
seriez très-bien.

B iv

NAZIC.

En ce cas, nous allons embraffer notre frere; après quoi, ma chère Nièce, nous ferons tout ce qu'il vous plaira.

ZELPHIRE.

Il n'eft point encore rentré. Je doute même qu'il revienne aujourd'hui. Demain, dès le matin j'irai vous trouver; il eft même néceffaire que je vous prévienne fur bien des chofes, avant que vous le voyez.

SCENE VII.

ZELPHIRE, FATIME, NAZIC.

ABDI.

FATIME, *tenant une de fes mains; & frappant du pied.*

JARNI! (*Elle fecoue fa main; & fouffle deffus*). Que le diable le lui rende donc bientôt à ce maudit boffu.

Il porte malheur à tout le monde.

ZELPHIRE.

Qu'est-ce que tu as donc?

FATIME.

Ce que j'ai ? Est-ce que vous ne le voyez pas ?

ZELPHIRE.

Et non vraiment, nous ne le voyons pas.

FATIME.

Bon! vous ne vous êtes pas apperçu qu'en fermant la boutique, je me suis pris la main entre deux planches ? Quand on veut faire l'aveugle, on fait semblant de ne rien voir. Il me paroît que vous avez tous le cœur aussi tendre les uns que les autres.

ABDI.

Mademoiselle s'est apparemment fait beaucoup de mal ; & la violence de la douleur lui donne de l'humeur.

FATIME.

Hé oui , apparemment que je me
suis fait beaucoup de mal. Si je m'étois
fait du bien , est-ce que je jurerois ?
Aussi , dans cette chienne de maison ,
il faut que ce soit moi qui fasse tout.
Le maître en est si bon, que depuis plus
d'un mois que nous sommes sans gar-
çons, on ne peut en trouver un seul
dans tout Bagdad.

ZELPHIRE.

Ma chere Fatime, mets ta mauvaise
humeur de côté ; & conduis bien vîte
mes oncles chez Mozul. Dis-lui que je
le prie d'en avoir le plus grand soin.
J'irai lui parler demain dès le matin.
(*On frappe à grands coups à la porte.*)
Oh ! Ciel ! que je suis malheureuse ! (*A*
Fatime qui va pour ouvrir.) N'ouvre
donc pas.

FATIME.

Pourquoi-donc ne pas ouvrir ? Pardi ,
s'il est si méchant, nous sommes trois.

Ces Messieurs n'auront qu'à le bien
tenir, & je le battrai comme tous les
diables.

NAZIC.

Qu'est-ce qu'il y a donc, ma Nièce? Si c'est quelque insolent, nous sçau-
rons bien le contenir.

ZELPHIRE.

Mes chers oncles, si jamais vous avez
eu quelque amitié pour moi, entrez
vîte dans le laboratoire, & ne paroif-
fez point que je ne vous en fasse sortir.

ABDI.

Ceci est bien singulier. Encore une
fois, comptez sur nous. Nous périrons
plutôt que de souffrir qu'il vous soit fait
la moindre insulte.

BABÉKAN *en dehors, après avoir frappé
quelques coups, appelle.*

Fatime, ... Fatime, ... Zelphire. (*Il continue de frapper.*)

FATIME.

Hé ! un moment donc.

BABÉKAN *en dehors*.

Oh ! les carognes !

ZELPHIRE, *à ses Oncles*.

Je ne puis plus vous le dissimuler ; c'est mon pere. Vous connoissez ses sentimens à votre égard. S'il faut qu'il vous trouve ici, ce va être une scène terrible.

NAZIC.

Nous nous y sommes toujours attendus. Mais, soyez sûre que nous souffrirons patiemment tout ce qu'il pourra nous dire ; & que nous ferons tout ce qui dépendra de nous pour le calmer.

ZELPHIRE.

Eh ! vous ne connoissez donc pas sa fureur ? Au nom de tout ce que vous avez de plus cher, épargnez-moi l'horreur d'un spectacle si cruel. Voulez-vous voir expirer votre Niéce à vos yeux?

BABÉKAN, *en dehors, frappe.*

Ouvrez donc, chiennes ; ouvrez donc.

FATIME.

Eh! l'on y va. Donnez-vous donc un moment de patience.

ABDI, *à Zelphire.*

Nous ne pouvons rien vous refuser. Mais il faut avouer que cela est bien dur de la part d'un frere.

(Ils entrent dans le Laboratoire, dont ils ferment la porte, & Babékan continue de frapper).

SCENE VIII.

BABÉKAN, ZELPHIRE, FATIME.

*FATIME tire de sa poche un grand mouchoir,
qu'elle se met sur le col : & dans l'instant
que l'on entend le patatras de la porte qui
tombe, elle dit :*

FATIME.

IL étoit, ma foi, tems : Voilà la
porte à bas.

BABÉKAN.

Que diable faites-vous donc, que
vous ne venez pas ouvrir ?

FATIME, *en arrangeant son mouchoir.*

Vous ne me donnez pas seulement
le tems de mettre un mouchoir sur
mon col. J'étois toute nue.

BABÉKAN, *regardant de tous les côtés.*

Où sont-ils donc ?

FATIME.

Qui ?

BABÉKAN.

Qui ? qui ! Ces deux vilains Bossus.

ZELPHIRE.

Qui donc, mon Pere ? mes Oncles ?

BABÉKAN.

Eh ! parbleu oui, tes Oncles. Comme tu fais l'ignorante !

ZELPHIRE.

Je vous assûre que nous ne les
avons point vus.

BABÉKAN.

Et moi, je te soutiens qu'ils sont
ici. On vient de me dire, tout-à-
l'heure, chez Agi où je suis à souper, qu'on venoit de les voir dans la
Ville.

ZELPHIRE.

Il se peut qu'ils soient dans la Ville ;
mais je vous proteste qu'ils ne sont
point encore venus ici.

BABÉKAN.

Oh ! Que l'on ne m'en fait point
accroire ! Certainement, vous n'ou-
vriez point, parce que vous étiez
toutes les deux occupées à les cacher.
Mais, je vais les chercher ; & si bien,
que je les trouverai. (*A Fatime*). Ap-
porte-moi vîte un flambeau. Que je vais
leur en donner ! Et à vous aussi, Mes-
dames les Coquines, pour vous apprendre à me faire de pareils tours.

ZELPHIRE.

Comme il est tard, ils seront vrai-
semblablement entrés dans quelque
Auberge, & ils ne viendront peut-
être que demain matin.

FATIME, *un flambeau à la main.*

Bon ! Mademoiselle, tout ce que
vous direz sera inutile. Quand il s'est
mis quelque chose dans la tête, le diable
ne le lui ôteroit pas. (*A Babékan*). Venez, venez, suivez-moi. Nous des-

cendrons dans la cave, nous monte-
rons ensuite aux chambres & au grenier; & quand vous aurez bien vû &
revû par-tout, de vos deux yeux de
crapeau, vous ne nous croirez peut-
être pas encore.

BABÉKAN *suit Fatime jusqu'au fond
du Théâtre, où il s'arrête, croise les bras, &
la regarde fixement.*

Parbleu! tu es bien effrontée.

FATIME.

C'est mon plaisir; je veux être
comme cela.

BABÉKAN.

Je te les montrerois là tous les
deux; & tu me soutiendrois encore
qu'ils ne sont point ici.

FATIME.

Cela se pourroit fort bien. Mais sur
quoi m'entreprenez-vous? Je ne vous
ai encore dit ni oui, ni non.

BABÉKAN.

Hé - bien ! Dis - moi donc où ils font.

FATIME.

Quand je vous dirois qu'ils font au grenier, ou dans la cave, vous ne me croiriez pas. Ainsi , venez, venez; fuivez-moi. Là , fatisfaite-vous.

BABÉKAN.

Cette Pendarde fe mocque de moi. Cependant il faut bien qu'ils ne foient point encore ici ; elle ne feroit pas fi réfolue.

FATIME.

Tout de même. Qu'eft-ce que cela me feroit ?

BABÉKAN.

En tout cas, ils ne tarderont pas. Ainfi je cours vîte achever de fouper, & je viendrai enfuite les recevoir. Oh ! que j'aurai de plaifir à faire rouler ce gourdin fur leurs boffes.

SCENE IX.

ZELPHIRE, FATIME.

FATIME.

MA foi, nous venons de l'échapper belle.

ZELPHIRE.

J'en suis toute tremblante. Allons, conduis au plus vîte mes Oncles où je t'ai dit.

FATIME.

Diantre ! il n'y a pas un inftant à perdre. (*En allant au Laboratoire*). Vîte, vîte, Meffieurs ; la grêle, la foudre, la tempête font paffées ; profitons du moment de calme. (*En ouvrant, elle porte la main à fon front*). Ah !

ZELPHIRE.

Qu'eft-ce que c'eft donc encore ?

FATIME.

Mais, c'eft donc le diable qui berce Babékan. Il faut qu'il ait mis plus de deux boiffeaux de charbon dans le fourneau : la vapeur m'en prend à la gorge.

ZELPHIRE.

Dépêche-toi.

FATIME, *à la porte du Laboratoire ; jette un grand cri.*

Ah ! Quel malheur ! ... Mademoifelle, voilà vos deux Oncles étendus par terre, fans aucune connoiffance. (*Elle y entre, & la porte refte toujours ouverte*).

ZELPHIRE ; *court au Laboratoire ; mais fans y entrer.*

. Ah ! Ciel ! Il ne nous manquoit plus que ce dernier trait.

FATIME, *dans le Laboratoire.*

Abdi ! ... Abdi ! ... Nazic ! ...

Tout est inutile ! Ils sont plus froids
que le marbre.

ZELPHIRE, *à la porte du Laboratoire.*

Quel secours pourrions - nous leur
donner ?

FATIME, *dans le Laboratoire.*

Nazic ! . . . . . Nazic ! . . . . . J'ai
beau les agiter, ils ne donnent aucun
signe de vie.

ZELPHIRE, *à la porte du Laboratoire.*

Cours vîte chercher un Chirurgien.

FATIME.

Ils ne sont que trop bien morts. C'est
la vapeur du charbon qui les aura suffo-
qués ; il n'y a point de remède.

(*Elle sort du Laboratoire, dont la porte
reste toujours ouverte*).

ZELPHIRE.

Les pauvres infortunés ! Falloit - il
qu'ils vinssent de si loin pour rencon-

ter une fin aussi triste ? Hélas ! Que
va dire mon Pere ?

FATIME.

Eh ! Que diantre allez-vous chercher ? Il n'en sera que trop content.
C'est sur moi seule que tout va re-
tomber ; & je suis une fille perdue.

ZELPHIRE

Qu'as-tu donc à redouter ?

FATIME.

Je suis perdue, vous dis-je ! Voilà
mon horoscope accompli. On me l'a
toujours bien dit, que je ne périrois
jamais que d'une bosse.

ZELPHIRE.

Encore une fois, je ne vois pas ce
qui peut te causer de si vives allarmes.
Nous ne craignons mon Pere, que
par rapport aux mauvais traitemens
qu'il vouloit faire à mes Oncles. Ils
ne sont plus. Hélas ! les pauvres mal-

heureux ! On ne peut plus, ni les
maltraiter, ni les humilier.

FATIME.

Jarni, Mademoiselle, vous êtes
donc plus bête qu'une poule. Est-ce
que vous ne sçavez pas que Babékan
me hait comme le diable ? Il sera assez
méchant pour dire que c'est moi qui
ai fait périr ses Freres. On me mettra
entre les mains de la Justice, & me
voilà pendue.

ZELPHIRE.

Ah ! Fatime, mon Pere n'est pas
capable d'une action si noire.

FATIME.

Eh ! je le connois mieux que
vous.

ZELPHIRE.

D'ailleurs, on ne pend pas les gens
comme cela ; il faut des preuves ; &
il seroit très-facile de te justifier.

FATIME.

Vous me défefpérez. Comment,
Mademoifelle , vous croyez que je
verrai tranquillement des grilles, des
verroux , des cachots , des Gréffiers,
des Guichetiers , des Géoliers ; que
fçais-je enfin ? Ah ! je ferai morte dix
fois avant que l'on ait eu feulement le
temps de me demander, *pourquoi es-
tu là ?* . . . . Mais, au nom du
Ciel, ne me parlez-donc point de tout
cela : vous me faites trembler depuis
la tête jufqu'aux pieds.

ZELPHIRE.

Je ne t'en dis pas un mot. C'est
toi qui te fais des phantômes. . . . Eh !
bien ? Où vas-tu ?

FATIME.

Je vais . . . . Je n'en fçais rien. . . .
Je vais où vous ne ferez, ni vous, ni
toute votre chienne de famille.

(*Elle entre dans le Laboratoire*).

ZELPHIRE.

ZELPHIRE.

A qui donc en a-t-elle ? Est-ce qu'elle devient folle ? Il me semble que je ne lui ai rien dit qui puisse lui donner de l'humeur.

FATIME, *dans le Laboratoire;*

Hé bien ! venez donc.

ZELPHIRE, *y courant ; sans cependant y entrer.*

Est-ce qu'ils ne seroient pas morts ?

FATIME, *dans le Laboratoire.*

Eh ! pardi ; qu'ils le soient ou non ; est-ce que j'y prends garde ? J'ai, ma foi, bien autre chose dans la tête.... Il falloit que ces chiens de Magots vinssent crever ici, tout exprès, pour me mettre dans la peine. . . . . . Voyez si elle m'aidera en la moindre chose.

ZELPHIRE, *à la porte du Laboratoire.*

Je ne sçais pas ce que tu veux faire.

C

FATIME, *en sortant du Laboratoire.*

On a bien raison de dire que bon chien chasse de race. La fille ne vaut pas mieux que le pere, ni les deux oncles.

ZELPHIRE.

Perdez-vous l'esprit, Fatime?

FATIME.

Et vous le sens commun? Est-ce que vous ne voïyez pas qu'il falloit en mettre un à l'entrée du laboratoire?

ZELPHIRE.

Comment vouliez-vous que je le visse? Est-ce que je puis deviner quel est votre dessein?

FATIME.

Allez-vous me tourmenter à présent, avec vos *qui? quoi? qu'est-ce?* Est-ce que je le sçais moi-même? Je voudrois bien vous voir à ma place.... Oh! je n'aurai jamais assez de temps.

Il me semble que j'ai déja tous les Chiaoux après moi. (*Elle se sauve*).

ZELPHIRE.

Fatime . . . . . Fatime . . . . . parle-moi donc. . . . . . Fatime.

SCENE X.

ZELPHIRE, *seule.*

ELLE court toujours, & ne m'écoute seulement pas. La frayeur la trouble ; & elle va peut-être se précipiter dans le Tigre. . . . . . . Que je suis donc à plaindre ! Tous les malheurs à la fois viennent fondre sur moi, sans me donner un seul moment de relâche. Dans la triste situation où je suis, quel parti dois-je prendre ? Hélas ! de quelque côté que je porte mes regards, je ne vois qu'inquiétudes, que chagrins & que peines.

C ij

SCENE XI.

ZELPHIRE, FATIME, *un* PORTE-
FAIX.

ZELPHIRE.

AH! te voilà, Fatime? Que tu m'as
allarmée !

FATIME, *à Zelphire.*

Un moment. (*A la Cantonnade*).
Entre . . . . . Entre-donc. (*Au Porte-faix, lorsqu'il est entré*). Il me paroît que tu n'es pas de ce Pays-ci.

LE PORTE-FAIX.

Non, ma bonne Madame ; je n'y
suis que d'avant-hier au soir. Les Ra-
coleux sont dans mon Village, où ils
engagent tout le monde. Moi, qui
n'aime pas la guerre, je me suis sauvé
dans cette bonne Ville ; & je cherche
à y gagner ma vie.

FATIME.

Tu ne connois-donc pas les rues ?

LE PORTE-FAIX.

Pas encore une.

FATIME.

Quoi ! tu ne pourrois pas aller d'ici à la Rivière ?

LE PORTE-FAIX.

Oh ! pardonnez-moi. C'est à quatre pas; au bout de la petite ruelle.

FATIME.

C'en est tout autant qu'il nous en faut. Veux-tu gagner deux sequins ?

LE PORTE-FAIX.

Pardi, douze si vous le voulez, ma bonne Madame.

FATIME.

Il vient de nous arriver un accident. Un inconnu est entré ici, pour

C iij

demander un verre de liqueur ; &
pendant que l'on se préparoit à le servir
il est mort subitement.

LE PORTEFAIX.

C'est apparemment quelqu'un qui
ne sçavoit pas vivre.

FATIME.

Si, par malheur, cela venoit à la
connoissance de la Justice, elle nous
ruineroit.

LE PORTE-FAIX.

C'est tout comme chez nous.

FATIME.

Il est pleine nuit. Il n'y a plus personne dans les rues. Mets-le vite dans
ton sac ; & le porte au beau milieu de
la Rivière.

LE PORTE-FAIX.

Par ma foi, c'est bien avisé. La Justice n'en tâtera que d'une dent.

F A T I M E.

Tiens, pour t'encourager, voilà toujours un fequin d'avance. Auffi - tôt
que tu auras fait, reviens bien vîte ; &
je te donnerai l'autre. Allons, dépêche-toi. (*En lui montrant le Boffu,
que l'on fuppofe être placé à l'entrée
du Laboratoire*). Voilà de quoi il s'a-
git.

LE PORTE-FAIX.

Quoi ! cet Figure-là ? Effectivement,
cela ne pouvoit pas vivre.

F A T I M E.

Allons, vîte, vîte.

LE PORTE-FAIX, *entre dans le Laboratoire, où il eft réputé mettre le Boffu dans fon fac.*

Aidez - moi donc un peu, notre
Bourgeoife. (*Fatime placée à l'entrée
du Laboratoire, paroît l'aider*). Vous
appellez cela un *Inconnu* ? Chez nous,
cela fe nomme un *Polichinel.*

FATIME.

Allons, pars ; & reviens vîte.

LE PORTE-FAIX.

Je fuis à vous dans le moment.

(*Il l'emporte, en traverfant le Théâtre*).

SCENE XII.

ZELPHIRE , FATIME.

FATIME.

EN voilà déja un de parti. Si ce maudit chien de Babékan pouvoit feulement être encore un demi - quart - d'heure à revenir. (*A Zelphire*). Hé bien ! remuez - vous donc. Vous voilà comme une ftatue.

ZELPHIRE.

Je fuis fi étonnée, que je ne fçais plus où je fuis. Il me femble que tout ceci eft un fonge. Comment, malheu-

reuse ? Tu fais jetter me.. Oncles dans
la Rivière?

FATIME.

Voyez le grand malheur ! Ne sont-
ils pas morts ? Par conséquent, ils seront aussi bien là que par-tout ailleurs.
A la fin, venez-vous ?

ZELPHIRE.

Et où veux-tu que je vienne ?

FATIME.

Le Porte-faix va revenir dans le moment.

ZELPHIRE.

Est-ce que tu comptes lui faire emporter l'autre ?

FATIME.

Voyez - donc si elle en démordra !...
Je vous dis qu'il n'y a pas un instant à
perdre.

ZELPHIRE.

Mais cet homme ne le voudra point.

C v

FATIME, *en colère.*

Hé bien, emportez - le donc vous-même. Car, à la fin, vous m'impatien-tez. (*Elle va au Laboratoire*).

ZELPHIRE.

En vérité, Fatime, vous êtes d'une impertinence qui n'est pas supportable.

FATIME, *étant arrivée à la porte du La-boratoire, elle se retourne & dit :*

Si vous étiez, comme moi, à la veille d'être pendue, je voudrois bien voir de qu'elle humeur vous seriez. (*Elle y entre*).

ZELPHIRE.

Je crois que la tête lui tourne. Elle ne sçait plus, ni ce quelle dit, ni ce qu'elle fait.

FATIME, *dans le Laboratoire.*

Mettons celui - ci à la même place où étoit l'autre..... Ces deux chrétiens de carcasses me donnent-elles assez de peines ! . . . . , Cela est, ma foi, bien vrai ; tous les gens marqués au B, portent toujours malheur. . . . . Le voilà bien ; on n'y regardera pas de si près. (*Elle sort du Laboratoire*).

ZELPHIRE.

Cependant, Fatime, si ces deux malheureux n'étoient pas morts ?

FATIME.

Jarni, dites - donc toujours. Je n'ai jamais vû une tête comme la vôtre.

ZELPHIRE.

Ne t'emporte-donc pas.

FATIME.

Vous me tenez des propos qui n'ont pas le sens commun. Pardi, s'ils ne sont pas morts, que ne remuent-ils ? Est-ce que je les en empêche ?. . A présent que voilà tout prêt, voyez si ce maudit Porte - faix arrive ? Tout est fait ici pour me désespérer.

C vj

ZELPHIRE

Donne-lui donc le temps.

FATIME.

En vérité! il en faut beaucoup pour jetter un homme dans une Rivière. On le pose sur le bord du parapet, on ouvre le sac; & puis crac, le voilà dans l'eau. Il ne vient pas, ce chien-là. A quoi diantre s'amuse-t-il? (*En frappant du pied*). Jarni! le sang me bout dans les veines.

ZELPHIRE.

Un moment de patience.

FATIME.

Un moment? Un moment? Babékan n'a qu'à arriver?

ZELPHIRE.

Tiens, ne crie plus. Voici ton homme.

FATIME.

Retirez-vous donc bien vîte, & ne paroissez-point qu'il ne soit parti.

SCENE XIII.

FATIME. LE PORTE-FAIX.

FATIME.

Pardi, tu es bien long-tems. Hé bien! l'affaire est-elle faite?

LE PORTE-FAIX.

Il est, ma foi, bien loin. A l'heure que je vous parle, il roule, il roule.

FATIME.

En ce cas, il ne s'agit donc plus que de te payer. (*Elle tire sa bourse, comme pour lui donner de l'argent*).

LE PORTE-FAIX

Vous donnerez, s'il vous plaît, pour boire, notre bourgeoise; car il étoit rudement lourd.

FATIME, *toute tremblante, affecte une grande frayeur, & jette deux grands cris.*

Ah! .... Ah!

LE PORTE-FAIX.

Qu'avez-vous donc?

FATIME.

Ah!

LE PORTE-FAIX.

Eſt-ce un mal qui vous prend?

FATIME.

Eh! Non. Mais, regarde-donc!

LE PORTE-FAIX.

Parbleu, j'ai beau regarder; je ne vois rien.

FATIME.

Quoi! Tu n'apperçois pas ce vilain boſſu?

LE PORTE-FAIX.

Bon! il a trop bien fait la cabriole par-deſſus le parapet.

FATIME, *en lui montrant l'entrée du Laboratoire.*

Comment? Tu ne le vois pas là? (*Et le jette encore un cri*). Ah!

LE PORTE-FAIX.

Oh! parbleu, c'en eſt un autre. (*Il regarde dans l'entrée du laboratoire, &*

marque un grand étonnement). Eh! . . . Mais non! De par tous les diables, le voilà lui-même.

FATIME.

Je ne t'en impofe pas. Tu le vois de tes yeux.

LE PORTE-FAIX.

Comment diantre cela peut-il donc fe faire ? Par Mahomet, c'eft pourtant bien lui que je viens d'emporter. Vous l'avez vu vous-même.

FATIME.

Il faut bien que nous nous foyons trompés.

LE PORTE-FAIX.

Je l'ai pris là, dans ce même endroit.

FATIME.

Cela eft vrai.

LE PORTE-FAIX.

Je l'ai mis dans ce fac, avec ces deux mêmes mains.

FATIME.

Je ne dis pas le contraire.

LE PORTE FAIX.

Vous m'avez aidé vous-même à l'y fourrer.

FATIME.

Tout ce que tu dis est juste ; mais le voilà.

LE PORTE-FAIX.

Mais, le voilà. Vous avez raison ; c'est bien lui. D'ailleurs, quand le diable s'en mêleroit, il ne seroit pas possible de trouver dans le monde entier, deux figures comme celle-là.

FATIME.

Hé bien ? Quel parti prens-tu ?

LE PORTE-FAIX.

Il n'y en a point d'autre que celui de le reporter. Erreur n'est pas compte. Mais, je suis aussi sûr de l'avoir jetté dans la Rivière, qu'il est certain que le voilà. Oui, plus je l'examine, plus je vois bien que c'est lui-même. Par ma foi, je m'y perds.

FATIME.

Allons, finis. Toutes tes réflexions n'avancent rien.

LE PORTE-FAIX.

En effet, quand je me donnerai au diable jusqu'à demain, je n'y comprendrai pas davantage. Aidez-moi donc, au moins, à le refourrrer dans le sac.

FATIME.

Qu'à cela ne tienne. Je veux bien te prêter encore la main. (*Le Porte-faix entre dans le Laboratoire ; & Fatime se met à l'entrée, d'où elle paroît l'aider*).

LE PORTE-FAIX, *dans le Laboratoire.*

J'y vais prendre garde de si près; que je n'y serai parbleu plus rattrappé.

FATIME.

Tu feras fort bien. Je ne crois cependant pas que tu y sois pris une seconde fois. (*Le Porte-faix sort du Laboratoire, en traînant le Bossu dans le sac.*) Pour

celle-ci, il y a grande apparence que
c'eft bien lui qui eft dans ton fac. Ainfi, ne perdons point de temps. Va vîte
& reviens de même.

LE PORTE-FAIX, *après s'être chargé fur*
le Théâtre.

Je l'emporte. Mais je veux bien que
le diable me rende le même fervice, fi
j'y comprends la moindre chofe. (*Il*
l'emporte, en traverfant le Théâtre).

_____

SCENE XIV.

ZELPHIRE. FATIME.

FATIME, *à Zelphire qui rentre.*

Enfin, me voilà fauvée. Que notre
hibou arrive à préfent quand il voudra ;
je m'en mocque. Tant qu'il n'eft quef-
tion que de quereller, de jurer, & même
de fe battre, on m'y a fi bien habituée
dans cette maifon, que cela ne me
coûte plus rien. Mais, lorfqu'il s'agit

d'être pendue, cela mérite attention,

ZELPHIRE.

Je sens bien que dans les cruelles circonstances où nous sommes, il peut nous échapper bien de fausses démarches. Mais, Fatime, nous en faisons à une que l'on ne pourra jamais nous pardonner.

FATIME.

La Justice en auroit fait une encore bien plus fausse, si j'avois laissé à Babékan une occasion aussi favorable de me brouiller avec elle. Mais, après tout, je ne vois pas que nous ayons tant de reproches à nous faire. Ce n'est pas nous qui les avons tués.

ZELPHIRE.

En vérité, Fatime, vous avez des expressions bien dures. Ne voudriez-vous pas que nous eussions contribué à leur perte ?

FATIME.

Auffi, Mademoifelle, vous êtes d'un
caractère bien fingulier. Vous allez toujours chercher tout ce qui peut vous
faire de la peine. Il femble, en vérité,
que vous prenniez autant de plaifir à
vous affliger, que les autres en ont à fe
réjouir.

ZELPHIRE.

Tout peut fe découvrir, Fatime ;
alors, que penferoit-on de nous ?

FATIME.

S'il y avoit la moindre chofe à efpé-
rer après vos Oncles, on s'empresseroit
de s'informer de ce qu'ils font devenus ;
afin de s'emparer bien vîte de leur fuc-
ceffion. Mais, ils ne laiffent pas un mé-
din, pas une afpre. Qui diantre voulez-
vous qui s'y intéreffe ?

ZELPHIRE.

Ecoute.... Je crois entendre mon
pere.

FATIME.

Vous ne vous trompez pas ; c'eſt bien lui-même. A telles enſeignes, qu'il jure de tout ſon cœur.

ZELPHIRE.

Ah ! je ſuis déjà toute tremblante.

FATIME.

Paix donc.... Il me paroît qu'il eſt fort en colère.

BABÉKAN *en dehors, mais éloigné.*

C'eſt donc le diable que ces deux carognes-là.

ZELPHIRE.

Il me ſemble que c'eſt à nous qu'il en veut.

FATIME.

Ah ! Mademoiſelle, je crois qu'il eſt avec ce maudit Porte-faix.

ZELPHIRE.

Qu'allons-nous devenir !

BABÉKAN en dehors, mais tout près.

Les misérables ! Commettre une action auffi horrible !

FATIME.

Ah ! Tout eft découvert ! Nous fommes perdues ! Sauvons-nous bien vîte.

SCENE XV.

BABÉKAN *feul.*

JE n'aurai donc jamais le plaifir, une
fois en ma vie, de les affommer à mon
aife ? Laiffer une boutique toute grande
ouverte, à l'heure qu'il eft ! Cela n'eft-
il pas abominable ? (*Il regarde la porte.*)
Parce que le gond eft tombé, elles ne
peuvent pas relever la porte, & y mettre la barre ? Cela fatigueroit ces Demoi-
felles ! Cela leur romproit les bras ! (*En
fe retournant.*) Comment ? Il n'y a perfonne ici ? Mais ces deux chiennes-
là le font donc exprès pour me faire en-

rager. On me voleroit, on me pilleroit, on m'égorgeroit; & tout cela leur feroit égal. Ne feroient-elles point là-dedans ? (*Il entre dans le Laboratoire*).

SCENE XVI.

BABÉKAN. LE PORTE-FAIX.

LE PORTE-FAIX.

POUR cette fois, notre Bourgeoife, je puis bien vous affurer qu'il ne reviendra plus. Je lui ai pendu une pierre au col, qui, fur mon ame, péfe plus de deux cens. (*Appercevant Babékan qui fort du Laboratoire.*) Eh!.....Eh!... Par Mahomet, je crois que le voilà encore!

BABÉKAN

J'ai beau regarder, il n'y a perfonne. Comme je vais monter là-haut, & vous les faire defcendre à grands coups de pied dans le ventre! Oh! nous allons voir, nous allons voir. (*Appercevant le Por*-

te-faix). Eh!...Qu'est-ce que tu cherches ici? A qui en veux-tu?

LE PORTE-FAIX.

Je ne me trompe pas; c'est parbleu bien lui-même.

BABÉKAN.

Hé bien, oui, c'est moi-même. Qu'est-ce que tu demandes?

LE PORTE-FAIX.

Mais, c'est donc le diable.

BABÉKAN.

M'auras-tu bientôt assez examiné? Dis-donc ce que tu veux.

LE PORTE-FAIX.

Parlez-donc, Monsieur Polichinel; croyez-vous que je n'ai autre chose à faire qu'à vous porter & reporter toute la nuit? Vous trouvez le jeu bon, à ce qu'il me paroît.

BABÉKAN.

BABÉKAN.

A qui diantre en a-t-il? Tu es yvre.
Crois-moi, va-t'en bien-vîte, de peur
que je ne te mette à la porte avec vingt
coups de bâton. Voyez-donc cet yvro-
gne; qu'est-ce qu'il demande?

LE PORTE-FAIX.

Vous le sçavez, parbleu bien, ce
que je demande. (*En lui présentant le
sac ouvert*). Voilà de quoi il s'agit.
Entrez-y de bonne grace; ou, par Mahomet, je vous y mettrai de force.

BABÉKAN.

Veux-tu que je te fasse mettre dans
un cul de basse-fosse?

LE PORTE-FAIX.

Oui ! Je vous parle avec politesse;
& vous n'y répondez-pas. Oh-bien!
nous allons voir. (*Il se jette sur Babékan*).

D

BABÉKAN.

Qu'eſt-ce que c'eſt donc que ce coquin-là ? Au voleur !... Au voleur !

LE PORTE-FAIX.

Crie tant que tu voudras ; je te tiens.

BABÉKAN, *dans le ſac.*

Ah ! le ſcélérat ! Au voleur !... Au feu !... Au feu !... Au feu !...

LE PORTE-FAIX.

Tu cries au feu ? Et c'eſt dans la Rivière que je te porte.

BABÉKAN, *dans le ſec.*

Au voleur !... Au feu !

LE PORTE-FAIX.

Chante, chante ; tu danſeras bientôt. Tant va la cruche à l'eau qu'enfin elle ſe briſe. (*Il l'emporte*).

SCENE XVII.

LE CADI, ASSEN, ZAMORE, MELECK, ZIDAN, plusieurs Chiaoux.

Le Cadi marche seul. Mais il est précédé de Zamore & de Meleck, qui tiennent chacun leur bâton de Commandement ; & suivi d'Assen, de Zidan, & de plusieurs Chiaoux

LE CADI, *dans la coulisse, avant que d'être entré.*

ARRÊTE, malheureux. (*A la Cantonnade, après être entré*). Qu'on lui mette les fers : je le manderai lorsqu'il en sera temps. (*Enfin arrivé au milieu du Théâtre*). Zamore ; faites ici la recherche la plus exacte, & assûrez-vous de tout le monde. Vous, Meleck, gardez Zelphire dans son appartement : mais sur-tout, dites-lui bien qu'elle ne s'allarme de

D ij

rien. Vous, Affen, avertiffez le Sultan.
Allez,

(Ils fortent tous par la porte qui eft réputée
conduire aux Appartemens ; à la réferve
d'Affen, qui fort par la porte ordinaire; &
de Zidan, qui refte avec le Cadi.)

SCENE XVIII.

LE CADI, ZIDAN.

LE CADI, *d'un ton fier.*

QUELLE eft donc cette hiftoire,
Zidan ? Vous me faites dire que l'on
vient de noyer Babékan. A cette fâ-
cheufe nouvelle j'accours ici pour con-
foler Zelphire, & foulager, s'il eft poffi-
ble, la mort de fon pere. Il eft bien
fingulier que nous venions tous de voir
ce même Babékan rentrer chez lui, fans
aucune apparence qu'il lui foit arrivé le
plus léger accident.

ZIDAN.

Seigneur, cette aventure eft des plus

étonnantes. Conformément aux ordres de Votre Grandeur, j'avois placé mes gens, de manière qu'aucune des actions de Babékan ne pouvoit nous échapper. Vers les onze heures, ce même Porte-faix que nous venons d'arrêter, sort de cette maison, chargé d'un fardeau très-considérable. Nous le suivons, & nous voyons qu'il court le précipiter dans le Tigre. Nous détachons au plus vîte quelques bateaux, dans l'espérance de découvrir ce que ce pouvoit être. Cette nuit n'est pas assez obscure pour empêcher de discerner les objets. Ainsi, nous appercevons biéntôt que c'étoit un homme que ce misérable venoit de jetter dans la Rivière. Nous le repêchons, nous l'amenons à bord; je demande de la lumière. Mais, à peine a-t-elle frappé mes yeux, que dans ce même homme je crois reconnoître Babékan.

LE CADI.

Je vous ai déja dit que je viens de le voir.

D iij

ZIDAN.

Permettez-moi, Seigneur, de conti-
nuer; & vous verrez que je n'en impose
en rien à Votre Grandeur.

LE CADI.

Voyons donc quelles raisons vous
pourrez me donner.

ZIDAN.

Je demeure d'autant plus surpris de
trouver là Babékan, que j'étois sûr qu'il
étoit chez Agi. D'ailleurs c'étoit d'ici
même que nous venions de voir sortir
le Porte-faix. Cependant, ne pouvant
point douter que ce ne soit Babékan
que nous avons devant les yeux, j'en-
voye un des miens informer Votre
Grandeur de ce qui venoit d'arriver.
Nous examinons ensuite quel peut avoir
été le genre de mort de ce malheureux.
Mais, pendant que nous sommes oc-
cupés à cette recherche, nous enten-
dons dans la Rivière le bruit d'un second

fardeau que l'on y jette. Auſſi-tôt, une partie de mes gens y court, & nous ramène, le croirez-vous, Seigneur, un ſecond Babékan ?

LE CADI.

Qu'entendez-vous par-là ?

ZIDAN.

Je veux dire, Seigneur, que Babékan, & ces deux hommes que nous venons de retirer de l'eau, ont entre eux une reſſemblance ſi parfaite, qu'il eſt de toute impoſſibilité d'en diſtinguer aucun de chacun des deux autres.

LE CADI.

Ce fait eſt bien extraordinaire.

ZIDAN.

J'avoue qu'il eſt preſque incroyable. Enfin, à force d'agiter ces deux malheureux, nous croyons appercevoir quelques raiſons de douter que leur mort ſoit bien certaine. Ainſi, pour nous en aſſûrer, je les fais tranſporter chez le Docteur Muley.

LE CADI.

Pourquoi-donc chez ce Médecin?

ZIDAN.

Il est vrai qu'on le croit le moins habile de tous ses Confrères. Mais, ignorant pour ignorant, j'ai préféré celui qui étoit le plus à notre portée. Cependant, il leur a fait prendre une liqueur qui, par hazard, les a ranimés. Dans l'instant même, la connoissance leur est revenue ; & ils se portent actuellement autant bien que leur état peut le permettre. J'ai fait aussi-tôt tout mon possible pour sçavoir d'eux-mêmes qui ils sont, & qui a pû leur faire un aussi mauvais traitement. Tout ce que j'ai pû en apprendre, c'est que Babékan est leur frere.

LE CADI.

Comment? C'est aux freres de Babékan à qui ce cruel accident vient d'arriver ? Qui peut donc avoir contr'eux une haîne aussi furieuse ?

ZIDAN.

C'eſt ce qu'ils ne veulent abſolument
point déclarer. Ils diſent ſeulement,
qu'ils ſont arrivés aujourd'hui-même de
Baſſora, dans le ſeul deſſein de voir
leur frere. Que Zelphite, pour les ſouſ-
traire aux premiers mouvemens de la
violence de ſon Pere, qui les hait, les
a fait retirer dans un endroit ſéparé. Et
ils proteſtent qu'ils n'ont aucune connoiſſance de tout ce qui peut leur être
arrivé depuis l'inſtant auquel ils y ſont
entrés. Ils ont même affecté la plus
grande ſurpriſe, lorſque je leur ai dit
que nous venions de les retirer de la
Rivière.

LE CADI.

L'artifice eſt des plus groſſiers. Eſt-
il vraiſemblable que l'on ait enlevé ces
gens de la maiſon de Babékan, & qu'on
les ait enſuite précipités dans le Tigre,
ſans qu'ils ayent aucune connoiſſance,
ni de l'un, ni de l'autre ? Le parti qu'ils
prennent, pour n'accuſer perſonne, eſt une

preuve certaine que c'est Babékan lui-
même qui a commis le crime. Mais j'ai
des raisons pour ne le point approfondir.
Ainsi abandonnez entièrement cette affaire; & même, quelque chose que vous
puissiez en apprendre dans la suite,
n'en dites jamais plus que ce que vous
en sçavez à présent.

Z I D A N.

Seigneur, vous devez être sûr, & de
ma discrétion, & de mon zèle.

LE CADI.

Oui, je les connois l'un & l'autre,
& je m'en ressouviendrai.

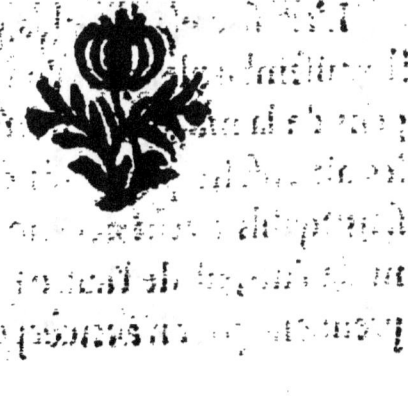

SCENE XIX.

LE CADI, ZIDAN, ZAMORE,
plusieurs Chiaoux.

LE CADI, à *Zamore.*

HÉ bien ?

ZAMORE.

Seigneur, nous avons cherché partout. Mais malgré les perquisitions les plus exactes, nous n'avons trouvé que Zelphire & Fatime.

LE CADI.

Comment ? nous venons tous de voir rentrer Babékan ; & il est très-sûr qu'il n'est point ressorti.

ZAMORE.

Il n'y a rien de plus certain. Cependant nous pouvons assûrer Votre Grandeur qu'il n'est point ici. Et nous

D vj

en sommes d'autant plus surpris, qu'il n'y a aucun endroit par où il ait pû nous échapper.

LE CADI.

Il est de la dernière importance de l'arrêter. Ainsi, faites de nouvelles recherches; & songez qu'il faut absolument le trouver. En attendant, que l'on fasse entrer le Prisonnier. (*On avance un Fauteuil au Cadi, & il s'assied.*).

ZAMORE, *à la Cantonnade.*

Allons, vîte; alerte, Messieurs; amenez le Criminel.

SCENE XX.

LE CADI, BABÉKAN, ZIDAN,
ZAMORE, LE PORTE-FAIX
enchaîné, plusieurs Chiaoux.

BABÉKAN, *entrant en furieux.*

OUi, vous êtes une troupe de coquins & de brigands. Où est-il ce Cadi de bal, devant qui il faut comparoître ? Ah ! le voici. . . . . Parle-donc, Marabou d'Astaroth, tu es bien impertinent de me faire arrêter ! Qu'est-ce que tu me veux ? qu'est-ce que tu me demandes ?

LE CADI, *aux Chiaoux qui ont amené le Porte-faix.*

Où étoit-il donc ?

Un des CHIAOUX.

Seigneur, c'étoit lui-même que cet homme emportoit.

LE CADI.

Tout eſt ici bien ſingulier.

BABÉKAN.

Me voici au milieu des Voleurs; (*en montrant le Cadi,*) & voilà le Chef.

ZAMORE.

Parlez de votre Juge avec plus de reſpect.

BABÉKAN, *lui donnant un ſoufflet.*

Mêle-toi de tes affaires, grédin.

LE CADI.

Qu'on le contienne.

BABÉKAN.

Jarni, le premier pourvoyeur de gibet qui m'approche, je le dépiéce comme un poulet-d'Inde.

LE CADI.

Modérez-vous-donc vous-même, & ne me forcez pas d'agir de rigueur. Si quelqu'un vous a insulté, je le ferai punir très-sévérement.

BABÉKAN, *en montrant le Porte-faix.*

Hé bien ! commence par me pendre ce Coquin, qui a l'insolence de me fourrer dans un vilain sac, comme si j'étois une voie de charbon. . . . . . . Mais, j'aurai plutôt fait de l'étrangler moi-même. Je n'en aurai d'obligation à personne. (*Il va pour se jetter sur le Porte-faix ; mais on l'en empêche avec peine*).

LE CADI.

Encore une fois, modérez-vous ; & répondez aux questions que j'ai à vous faire. Vous avez deux Freres ?

BABÉKAN.

Cela n'est pas vrai. Je n'ai point de parens.

LE CADI.

Qui sont donc ces deux hommes que l'on vient de jetter dans le Tigre ?

BABÉKAN.

Parbleu, que l'on y jette la Ville, les Fauxbourgs, toute ta Séquelle, & toi-même après ; qu'est - ce donc que tout cela m'intéresse ? Je n'irai, ma foi, pas te repêcher.

LE CADI.

'A la bonne - heure. Mais, on punit ceux qui y font jetter les autres. Et l'on pense que c'est vous qui ayez fait noyer ces deux-ci.

BABÉKAN.

'Ah ! nous-y voilà. C'est-donc-là où tu veux en venir. L'invention est fort bonne. Hé-bien, tu vas, sans douté, m'apprendre comment j'ai fait tout cela,

LE CADI.

Non, ce sera un autre. Parlez, Zidan. Dites ce que vous sçavez.

ZIDAN.

Seigneur, j'ignore celui qui a pû commettre cette action, Mais, cet homme,

(en montrant le Porte-faix) en inftruira parfaitement Votre Grandeur. C'eft lui qui eft venu les prendre, l'un après l'autre, dans cette maifon ; & qui les a portés tous les deux dans la Rivière.

LE CADI, *au Porte-faix.*

Eft-il vrai que c'eft toi qui a jetté ces deux hommes dans le Tigre ?

LE PORTE-FAIX.

Oui, Monfeigneur ; c'eft bien la vérité toute pure. Sur mon*ame*, je l'y ai jetté deux fois ; & je l'y reportois pour la troifième, lorfque vos Meffieurs m'ont arrêté.

LE CADI.

Mais, qui eft-ce qui te l'a commandé ? Ne feroit-ce pas Babékan ?

LE PORTE-FAIX.

Non, Monfeigneur. C'eft une bonne Dame qui étoit ici, qui m'a promis deux beaux fequins pour cela ; & qui ne m'en a même encore payé qu'un.

LE CADI.

Tu nous en imposes. Certainement,
c'est Babékan.

LE PORTE-FAIX

Damme, Monseigneur, ce sera tout
comme il vous plaira. Il ne me convient pas de vous contredire.

LE CADI.

Eh! Pourquoi ne pas avoüer tout de
suite? Il ne faut jamais déguiser la vérité.

BABÉKAN, *furieux*.

Oh! l'indigne canaille! (*Au Porte-*
faix). Mais, dis - moi - donc, Chien,
d'où me connois-tu? Quand m'as-tu vû?
Dans quel endroit t'ai-je chargé d'une
pareille commission? Dans quel temps?

LE PORTE-FAIX.

Puisque Monseigneur, qui doit être
plus sçavant que nous, dit que c'est

vous, il faut bien que ce soit vous. Je
vois bien à préfent qu'il a raifon. Ne
vous êtes - vous pas laiffé emporter ?
Donc, vous êtes complice. Parbleu, cela eft bien clair.

LE CADI, à Babékan.

Il faut que vous foyez bien miféra-
ble, pour faire ainfi noyer vos Freres !

BABÉKAN.

Bon, mes Freres ! Je te l'ai déja dit ;
je n'en ai point. Mais, par hazard, eft-
ce que ces gens que tu veux que j'aye
noyés, & qui te tiennent fi fort au cœur,
feroient Boffus ?

LE CADI.

Tout autant qu'on le peut être.

BABÉKAN.

Et de la ville de Baffora ?

LE CADI.

Ils ne faifoient que d'en arriver.

BABÉKAN.

Par la barbe de Mahomet, ceci change bien les chofes. Sont-ils morts ?

LE CADI.

Oui, fans doute, il le font.

BABÉKAN.

Bon. Il eſt bien ſûr qu'ils n'en peuvent pas revenir ?

LE CADI.

Il n'y a rien de plus ſûr.

BABÉKAN.

A merveille. Et je puis compter là-deſſus ?

LE CADI.

Comme étant la choſe du monde la plus certaine.

BABÉKAN.

Par ma foi, tant mieux. M'en voilà débarraſſé.

LE CADI, *en se levant avec vivacité.*

Et c'est tout ce que nous demandons,
Il est à présent plus clair que le jour,
que c'est vous qui les avez fait noyer.
Les dépositions des deux témoins, Zidan & le Porte-faix, qui ne se contre-
disent en aucun chef, jointes à votre
propre aveu, forment contre vous un
corps de preuves, plus complet même
que les Loix ne l'exigent. Ainsi, vous
le voyez vous-même, on ne peut se
dispenser de vous faire punir. Mais,
comme vous pourriez peut-être me
soupçonner d'avoir quelque motif par-
ticulier, je vais vous faire conduire
chez le Sultan; & ce sera lui qui vous
jugera.

BABÉKAN.

Oui, parbleu! j'y gagnerai beaucoup. Croyez-vous que je ne vois pas
de quoi il est question; & que vous
vous entendez tous ensemble, comme
larrons en foire?

SCENE XXI.

LE CADI, ASSEN, BABÉKAN, ZIDAN, ZAMORE, LE PORTE-FAIX *enchaîné*, plusieurs Chiaoux,

ASSEN.

MON Pere, voici le Sultan.

LE CADI.

Quoi! lui-même? Quel excès de bonté! (*Aux Officiers*). Que l'on renvoye ce Porte-faix.

ZAMORE, *au Porte-faix, après lui avoir ôté ses fers.*

Allons, va-t-en.

LE PORTE-FAIX.

Mais, Monseigneur, il m'est encore dû un sequin.

ZAMORE.

Tu reviendras demain. Retire-toi,

LE PORTE-FAIX, *à Babékan.*

Je suis bien fâché de tout cela. Mais,
devant ces Messieurs , il faut bien dire
la vérité,

(Les Chiaoux le poussent dehors; & lorsqu'il
entre dans la coulisse , un d'entr'eux lui donne
un coup de pied au derriere).

SCENE XXII.

**LE SULTAN, LE CADI, ASSEN,
BABÉKAN, ZIDAN, ZAMORE,
Suite du Sultan, plusieurs Chiaoux.**

LE SULTAN.

QUELLE importante affaire, Cadi ,
exige donc ici votre présence ?

LE CADI.

Seigneur, vous voyez un Criminel
que mes Officiers viennent d'arrêter.
Comme les raisons les plus fortes me
défendent d'en être le Juge , j'allois le
faire conduire devant Votre Hautesse.

LE SULTAN.

Qui est-il ? & quel est son crime ?

LE CADI.

Il a deux freres, qui ont tout perdu dans l'incendie de Baffora. Ces infortunés font venus ici, vraifemblablement dans l'efpérance d'obtenir de lui quelques fecours. Mais, ce malheureux, bien loin d'avoir pour eux la moindre humanité, vient de les faire précipiter dans le Tigre.

LE SULTAN.

Ah! le méchant homme.

LE CADI.

Heureufement, on les a fecourus à temps. J'ai donné ordre que l'on en eût le plus grand foin ; & l'on m'affûre qu'il n'y a plus rien à craindre pour leur vie.

LE SULTAN, *à Balékan.*

Que réponds-tu à cette accufation ?

Eft-

Eſt-ce que tu ne m'entens-pas? . . . .
Sçais-tu que je puis te perdre dans
l'inſtant? . . . . . Eſt-ce que cet homme eſt muet?

ZAMORE.

Répondez-donc à Sa Hauteſſe, qui
a la bonté de vous interroger elle-
même.

LE SULTAN, à Balékan.

Apprens-nous donc, au moins, les
motifs qui ont pû te déterminer à
commettre une action auſſi noire? . . .
Tes Freres t'avoient-ils fait quelque
tort? . . . . T'avoient-ils offenſé? . . .
Eſt-ce par vengeance? . . . . Tu yeux
donc abſolument ne point répondre? . .
Veux-tu que je te faſſe venir ici ces gens
qui ont le ſecret de faire parler ſou-
vent plus que l'on ne veut? . . . . Hé
bien? . . . . . Il me paroît qu'il a pris
ſon parti. (Au Cadi). A-t-il des enfans?

E

LE CADI.

Seigneur, il n'a qu'une Fille, qui est aussi douce & aussi bonne, que le Pere est féroce & méchant.

LE SULTAN.

Assen, faites-la venir. (*Assen sort*), N'a-t-il pas aussi quelque bien ?

LE CADI.

Lui, Seigneur ? Il est très-riche.

BABÉKAN.

Tu en as menti , chien. Voyez-donc de quoi se mêle ce vilain Chiaoux du diable ?

LE SULTAN,

Ah ! la parole te revient. En quel endroit mets-tu ton argent ?

BABÉKAN,

Seigneur, je vous jure par Mahomet, que je n'ai pas dix sequins d'argent

comptant. Je suis, foi de Musulman,
le plus pauvre de toute cette Ville.

LE SULTAN.

N'importe! Qu'on le cherche par-
tout, & qu'on l'apporte.

BABÉKAN, *voyant Zamore & Zidan sortir
par la porte qui conduit aux Appartemens :*

Ah! je suis ruiné. C'est des gens de
Justice qui vont le chercher. Il est bien
sûr qu'ils n'en trouveront pas la moitié.

SCENE XXIII.

LE SULTAN, LE CADI, ASSEN,
BABÉKAN, ZELPHIRE, FATIME,
MELECK, suite du Sultan, plu-
sieurs Chiaoux.

ASSEN.

SEIGNEUR, voici Zelphire.

ZELPHIRE, *toute en pleurs*, & FATIME
*toute tremblante, courent se prosterner aux
pieds du Sultan.*

ZELPHIRE.

Seigneur ! ou rendez-moi mon
Pere, ou ôtez-moi la vie.

FATIME.

Seigneur, la pauvre Fatime implore
votre justice. Faites-lui la grace de l'entendre ; & elle va tout déclarer à Votre
Hautesse. Bien loin d'avoir contribué en
quelque chose au malheur de ces deux

infortunés, nous les avions cachés dans
le laboratoire, pour les souſtraire à la
férocité de leur frere, qui auroit mieux
aimé leur donner cent coups de bâton
qu'un ſeul ſequin. La vapeur du charbon les y a malheureuſement ſuffoqués.
Comme j'étois ſûre que Babékan ne
manqueroit pas de ſaiſir cette occaſion
pour me perdre, en m'accuſant de les
avoir fait périr, je les ai bien vîte fait
porter dans la Rivière, dans l'eſpérance
que l'on ne découvriroit jamais ce qu'ils
ſeroient devenus. Voilà, Seigneur, la
plus exacte vérité; & ce n'eſt que par
méchanceté, & par vengeance, que
Babékan a oſé dire le contraire à Votre
Hauteſſe.

LE SULTAN.

Levez-vous, belle Zelphire, & eſ-
ſuyez vos larmes. (*A Babékan, après
qu'elles ſe ſont relevées toutes les deux*).
Toi, malheureux, tu vois les maux que
ton inhumanité & ton infâme avarice
ont cauſés. Je devrois te punir d'un ſup-

plice capable d'effrayer à jamais tes
pareils. Cependant, comme tes Freres
n'ont point péri, & font même hors
de tout danger, je veux bien n'écouter
que ma clémence. Par égards pour ta
Fille, je te permets de vivre. Mais je te
défends toute autorité fur elle.

FATIME.

Et c'est-là tout ce qu'on lui fait ? Il
en est quitte à bon marché.

SCENE XXIV.

LE SULTAN, LE CADI, ASSEN,
BABÉKAN, ZELPHIRE, FATIME,
ZIDAN, ZAMORE, MELECK,
suite du Sultan, plusieurs Chiaoux.

ZAMORE, *avec six facs feulement, parce*
que Zidan en tient fix autres.

SEIGNEUR, voici douze mille fequins en or, que nous venons de trouver.

LE SULTAN.

Que l'on en donne trois mille à chacun de ses Freres. Qu'ils aillent réparer leurs pertes, & bénir leur Sultan. Le reste appartient à Zelphire.

FATIME, à part.

Passe pour cela; c'est au moins quelque chose.

ZELPHIRE

Je l'accepte, Seigneur. Mais je le rends à mon Pere.

LE SULTAN.

Vous, Cadi, faites exécuter ma volonté suprême; & que l'Univers respecte ma puissance. (*A part, au Cadi qui le reconduit*). Sçavez - vous bien, Cadi, qu'elle est charmante ? Je n'ai encore rien vû d'aussi aimable.

SCENE XXIV & dernière.

LE CADI, ASSEN, BABÉKAN, ZELPHIRE, FATIME, ZIDAN, ZAMORE, MELECK, plusieurs Chiaoux.

ASSEN.

MON sort, adorable Zelphire, ne dépend plus que de vous. Vous connoissez toute la violence de mon amour. Que faut-il que j'espère ?

ZELPHIRE.

Je respecte les ordres du Sultan. (*A Assen, très-passionément*). Je vous adore, Assen. Mais j'outragerois la Nature, si je manquois à mon Pere ; & ce n'est que de lui seul que l'on peut m'obtenir. (*A Babékan*). Mon Pere, unissez deux Amans, pour qui la vie ne seroit plus qu'un cruel fardeau, s'il falloit qu'ils fussent séparés l'un de

l'autre ; & confentez au bonheur d'une
fille qui vous honore, qui vous refpec-
te, & qui vous aime.

BABÉKAN.

Mon argent.

ZELPHIRE.

Mon Pere, le voici.

FATIME, *apporte fix facs qu'elle donne à Babékan.*

Tenez, vilain bourru. Si l'on vous
eût bâtonné comme il faut, ç'eût été
le premier divertiffement que j'aurois
eu, depuis que je fuis dans cette maifon.

BABÉKAN, *après avoir pris trois facs de chaque main.*

A préfent que je tiens mes fequins,
donne-toi au diable, fi tu veux, &
me laiffe tranquille. (*Il s'en va*).

ZELPHIRE, *à Affen.*

Il y a long-tems, Affen, que vous
poffédez mon cœur ; voilà ma main.

ASSEN, *en se précipitant sur la main de Zelphire.*

O moment heureux !

LE CADI, *en tenant les mains de Zelphire & d'Assen entre les siennes.*

Mes chers enfans, puissiez-vous être ainsi toujours unis ! Allons faire tout préparer pour votre hymen, & que la Ville célébre cet heureux jour, par les Fêtes les plus brillantes.

FIN.

La Cérémonie Turque du mariage d'Assen avec Zelphire, doit faire le divertissement de cette Piéce.

APPROBATION.

J'AI lû, par ordre de Monseigneur le Vice-Chancelier, un Manuscrit intitulé *les trois Bossus, Farce,* en un *Acte* ; & je n'y ai rien trouvé qui m'ait parû devoir en empêcher l'impression. A Paris, ce 18 Décembre 1767,

CRÉBILLON,

PRIVILÉGE DU ROI.

LOUIS, PAR LA GRACE DE DIEU, ROI DE FRANCE ET DE NAVARRE: A nos amés & féaux Conseillers, les Gens tenant nos Cours de Parlement, Maîtres des Requêtes ordinaires de notre Hôtel, Grand-Conseil, Prevôt de Paris, Baillifs, Sénéchaux, leurs Lieutenans Civils & autres nos Justiciers qu'il appartiendra ; SALUT. Notre amé le Sieur JACQUES AUDIENNE Nous a fait exposer qu'il desireroit faire imprimer & donner au Public *les trois Bossus, Comédie* en un *Acte* & en *Prose,* s'il Nous plaisoit lui accorder nos Lettres de Permission pour ce nécessaires. *A CES CAUSES,* voulant favorablement traiter l'Exposant. Nous lui avons permis & permettons par ces Présentes, de faire imprimer ledit Ouvrage autant de fois que bon lui semblera , & de le faire vendre & débiter dans tout notre Royaume , pendant le tems de trois années consécutives, à compter du jour de la date des Présentes : *FAISONS* défenses à tous Imprimeurs, Libraires & autres personnes, de quelque qualité & condi-

tion qu'elles foient, d'en introduire d'impref-
fion étrangère dans aucun lieu de notre obéïf-
fance, &c. Que l'Impétrant fe conformera
aux Réglemens de la Librairie, & notamment
à celui du 10 Avril 1735, à peine de déchéance
de la préfente Permiffion, &c. Qu'il en fera
remis deux exemplaires dans notre Biblio-
theque publique, un dans celle de notre Châ-
teau du Louvre, un dans celle du Sieur DE
LA MOIGNON, & un dans celle de notre très-
cher & féal Chevalier Vice-Chancelier &
Garde des Sceaux de France, le Sieur DE
MAUPEOU, &c. Du CONTENU defquelles
Vous MANDONS & enjoignons de faire jouir
ledit Expofant & fes ayans-caufes, &c. COM-
MANDONS au premier notre Huiffier ou Ser-
gent fur ce requis, de faire pour l'exécution
d'icelles tous actes requis & néceffaires, &c.
Car tel eft notre plaifir. Donné à Paris,
le troifiéme jour du mois de Février, l'an de
grace mil fept cent foixante-huit, & de notre
régne le cinquante-troifieme. Par le Roi en fon
Confeil, LE BEGUE.

*Regiftré fur le Regiftre XVII. de la Cham-
bre Royale & Syndicale des Libraires & Imprimeurs de Paris, Nº. 1715. fol. 49, conformément au Réglement de 1723. qui fait défen-
fes, art. 41, à toutes perfonnes, de quelque
qualité & condition qu'elles foient, autres que
les Libraires & Imprimeurs, de vendre, débiter, faire afficher aucuns Livres pour les
vendre en leurs noms, foit qu'ils s'en difent les
Auteurs ou autrement, & à la charge de four-
nir à la fufdite Chambre neuf Exemplaires
prefcrits par l'art. 108 du même Reglement.
A Paris, ce 23 Avril 1768.*
Signé, GANEAU, Syndic.

www.ingramcontent.com/pod-product-compliance
Lightning Source LLC
Chambersburg PA
CBHW071105260626
47162CB00006B/2215